Para todos los niños y niñas que han de dejar
su casa y enfrentarse a una vida incierta.

Ignasi

Joana Raspall (1913-2013), escritora y bibliotecaria, es conocida por su poesía infantil y juvenil, pero también es autora de teatro infantil, narrativa para jóvenes y adultos y de tres diccionarios de la lengua catalana. Su actividad en favor de la lengua y cultura catalanas ha sido premiada, entre otros galardones, con la Creu de Sant Jordi de la Generalitat de Cataluña en 2006. El poema *Podrías*, publicado en 1998 en *Com el plomissol. Poemes i faules* (La Galera, Barcelona, 1998), es una muestra de la universalidad de una poeta cuya voluntad siempre fue acercar la poesía a los más jóvenes para ayudarles a desarrollar su sensibilidad.

Las ilustraciones de este libro han sido creadas por Ignasi Blanch con serigrafía —una técnica tradicional de impresión que perfeccionó durante el tiempo en que vivió en Berlín— en el taller La Roda, de Barcelona, con el apoyo y asesoramiento profesional de Jan Barceló. Para generar las imágenes definitivas de *Podrías* se han empleado los mismos fotolitos usados para imprimir las serigrafías. La impresión final se ha estampado con tintas separadas, a fin de dar un efecto lo más parecido posible a las serigrafías originales.

Título original: Podries
© texto: Hereus Joana Raspall CB
© ilustración: Ignasi Blanch
Traducción del catalán: Félix del Río
Primera edición en castellano: febrero de 2017
© 2017 Takatuka SL, Barcelona
www.takatuka.cat
Maquetación: Volta Disseny
Impreso en Novoprint
ISBN: 978-84-16003-83-9
Depósito legal: B 1920-2017

Podrías

Joana Raspall • Ignasi Blanch

Traducción: Félix del Río

TakaTuka

Si hubieses **nacido**
en distinta tierra,
podrías ser **blanco**
o tu piel ser **negra**...

En otro país
acaso vivieras
y dirías «sí»
en extraña lengua.

Te habrías **criado**
de otra manera,
ya fuera **peor**,
ya fuera **más buena**.

Tendrías **más suerte**
o menos **estrella**...

amigos y juegos
que distintos fueran;

vestidos tendrías
de saco o de seda,
zapatos de piel
o alpargata vieja,

o irías desnudo
perdido en la selva.

Podrías **leer**
cuentos y poemas,
o no tener **libros**
ni saber de letras.

Podrías comer
dulces, si quisieras,
o del **negro pan**
un mendrugo apenas.

Podrías... podrías...

Por todo esto, piensa
que importa tener
las manos abiertas
y acoger al que huye
de sangrientas **guerras,**

y escapa al dolor
y a la cruel pobreza.

Si hubieras nacido
en **aquella tierra**,
podría ser **tuya**
la que es su tristeza.